감정주의자

: : 박미현 그림 산문집 : :

감정주의자

책과나무

소소한 생각들과

소소한 일상이

나를 밀고 간다

나를 이룩한다

차례

1부 | 기억의 숲

2부 | 혼자의 혼자

3부 | 존재의 집

4부 | 우리들의 초상

5부 │ 겨울에서 봄

기억의 숲

〈그대 안에 내가 있고 내 안에 그대가 있다〉
캔버스 위에 아크릴, 2023.

사랑은 국수 같아서

만지면 동글동글 부러질 것 같은
사랑은 가늘고 긴 국수 같아서

끓는 물에 퐁당
사랑은 뜨겁고 끈적끈적한 국수 같아서

간장 기름 고춧가루
통깨 파 마늘 오이 계란 톡톡
사랑은 갖은양념으로 버무린 국수 같아서

구름과 비
바람과 햇살을 동반하는 사랑은

당신이라는

밀어내고 또 밀어내도
좀체 떨어지지 않고

내가 당신인지 당신이 나인지
당신을 안고 잠든 밤

그곳에서도 당신은 당신을 낳고
찢어도 찢어도 찢기지 않고

쳐들어갈 수도
도망칠 수도 없는

당신이라는 세계
당신이라는 불멸

짐승

못 살겠어, 그랬더니
그래 정리하자
기다렸다는 듯 말을 뱉고
베란다에서 줄담배 피우고
쾅, 문 닫고 들어가더니
드르렁드르렁 코를 골던 남편

이튿날, 아무 일 없었다는 듯
퇴근하고 들어와서
싫다는 나를 건드리고
베개에 머리가 닿자마자
곯아떨어진 남편

나는 장롱 쪽으로 문 쪽으로 아까 쪽으로

말똥말똥 시간을 세어 보다가

짐승처럼 짐승 곁에 눕는다

〈바람 부는 날〉
캔버스 위에 아크릴, 2023.

격자의 사랑

가로세로 세로가로
격자로 새긴 무늬

놓아 버리면
격자가 무너지는

사랑의 족쇄
아름다운 사슬

장미

한 겹 두 겹 너를 벗겨
파르르 떠는 몸짓이라니

벗은 너를 보고서야 알았지

떨고 있는 건
네가 아니라 나란 거
바로 나란 거

〈기억 속의 기억〉
캔버스 위에 아크릴, 2024

독백

때론 술을 마시고 싶다
그저 말없이 빈 잔을 채워 줄 누군가와

탄식이 절망이 되지 않아도 좋고
비밀이 심각할 것도 없는

이 넓은 세상에서
담담히 독백을 들어 줄
완전한 타인과 어깨를 기대고 싶다

슬픔의 방

슬픔이 슬픔에게 다가가면

더 커지는 슬픔이 있지

내가 들어갈 수 없는 방이 있지

어쩔 수 없는 세계가 있지

바다와 하늘

바다와 하늘이 마주 있는 것은

바위가 모래알이 되도록 바라보기만 하는 것은

억겁 세월 헤어져 사는 것은

오래오래 서로의 거울로 살아

바다가 하늘이고 하늘이 바다인 게지

〈중년이 되어〉
캔버스 위에 아크릴, 2023.

이주민

얼마간 쓸고 닦고 쳐다보고 만질 것이다
집이 행복할 것이다

전에 살던 집은 양지바른 집이었지만
대로변이라 시끄러웠다
한여름에도 문을 닫고 살았다

생각해 보면 나도
엄마 뱃속에서 세상 밖으로 이주했다

비가 새고 걸레가 얼어붙던 방
돈 벌러 나간 엄마를 기다리다 잠든 방

언덕 위의 단칸방으로

반지하로 지상으로 아파트로 이주했다

그리고 어느 날 나는 천상으로 이주할 것이다

변두리

많고 많은 별들 중에서
은하계 가장 변두리에 있다는 지구

광활한 우주에 놓인 수천억 별들 중에서
하나의 점에 불과하고
푸른 먼지에 불과하단다
누구도 한눈에 본 적이 없단다

변두리로 살아온 나는
자주 불안했는데
불안이 병이었는데

지구가 나 같은 변두리라니
조금 안심이 된다

와과와 은는

술을 한잔해서 하는 얘기가 아니고, 와
술 한잔해서 하는 얘긴데, 는 같은 말

나는 복이 많은 사람이야, 와
사는 게 힘들어, 는 맥락이 있는 말

웃는 얼굴과 우는 얼굴은
어제와 오늘이 뒤바뀐 말, 뒤바뀔 말

와과와 은는은
당신과 내가 다를 게 없는 말
속속들이 알 수 없는 말

〈자화상〉
캔버스 위에 아크릴, 2024.

반성은 되고 개혁은 안 되고

엄마의 가장 큰 비애는
세월이 아니라
두 얼굴의 나일 거라고
겉과 속이 다른 세상일 거라고
매번 후회하면서
세상을 비판하면서

반성은 되고
개혁은 안 되는 나

발가락

발가락 열 개 중에

하나를 다쳤는데

온몸이 발가락 중심으로 움직인다

모든 게 발가락과 연결된다

발가락 중심으로 세상이 돌아간다

발가락이 나의 우주 같다

횡단보도

한쪽 다리에 깁스를 하고 횡단보도를 건넌다

행인들이 앞서 걷고
신호가 너무 촉박하다는 생각

그동안 두 발 중심으로 세상을 보고
그런 세상을 건너왔다는 생각

세상이 절뚝절뚝 절뚝거리고 있다

<우공이산>
캔버스 위에 아크릴, 2023.

처음처럼

지금은 고인이 되신 신영복 선생께서 부천에 오
셔서 강연하신 적이 있다 강연이 끝나고 밥 먹
는 자리에서 들고 다니던 부채에 '처음처럼'이라
고 써 주셨다 눈에 잘 보이는 곳에 두고 봤는데
시간이 지나면서 잊어버렸다

이런 나의 어리석음과 가벼움을 아시고
언제나 처음처럼 나를 돌아보라고
세상을 똑바로 살라고
일러 주신 말씀이지 싶다

말

말을 쉬고
말을 고르고 다듬고
말을 멈추고

나직한 말
오래 참은 말
묵은 말
삼킨 말이 좋다

〈기억의 편집〉
캔버스 위에 아크릴, 2023.

딸

사람 너무 좋아하지 마라
세상 너무 믿지 마라 가르쳐도

겁 없이 혼자 여행을 떠나고
사람 좋아하고
일을 하고 사랑을 하고
적금을 붓고
독립을 하고
대학원에 다니고
큰 세상을 사는 것 같다

밖에서 뺨 맞고 들어와 하소연하면
내 편이 되어 주고
남편과 나를 중재하는 딸이 친구 같다

나는 과거를 사는데 현재를 살고
나를 돌아보게 하는 거울 같은 딸

딸이 혼자 남을 세상을 걱정하다가도
내가 세상에 와서 제일 잘한 일은 딸을 낳은 일

자유를 추구하고
자기를 사는 것 같다

〈기억의 숲〉
캔버스 위에 아크릴, 2024.

까보다로까

바다가 하늘인 바다

하늘이 바다인 하늘

여기가 서쪽 땅끝이라지

끝까지 와서

끝을 배경으로

사진을 찍고 돌아가는 사람들

끝도 시작도 실은 인간의 문제 아닌가

똑바로 쳐다볼 수 없는 벼랑

신의 나라

모로코의 밤

여기는 먼먼 땅 탕헤르

가난한 사람들이 밀항을 꿈꾸고
새소리 밤새 울어 대고
새벽 기도 소리가 구슬프게 들리는

갈매기가 떼로
따발총을 쏘며 가는 항구

구경

관광을 마치고
숙소로 돌아오는 버스 창밖

은빛 푸른 올리브나무
경배하듯 일제히 해를 향해 서 있는 해바라기

나타나면 지나가고
지나가면 나타나는 지루한 풍경
눈이 아프지만

산다는 게 세상 구경 아닌가

2부

혼자의 혼자

〈다시 봄〉
캔버스 위에 아크릴, 2024.

겨울나무

청회색 담벼락
온종일 바람만 부는 그늘 골목에
우두커니 선 나무

가지 많은 나무로 사는데
숙명처럼 사는데
스스로 버팀목이 되는데

나는 기다리며 사는 일이
병이 되는데

고통이 싫어서
세상을 버리기도 하는데

삶의 무게

아파 보니 알겠다

그간의 우울이나 방황
그 모든 것보다

아파 보니 알겠다

잘못 산 날들보다
남아 있는 날들에 대해
희망을 버리지 않는 것이

이 세상에서 내가
마지막까지 해야 할 몫인 것을

순백의 밤

자궁에서 흘러나온 은빛 입자들
사선으로 몸을 굴린다

우리들의 과오를 지우기 위해
지상의 가장 끄트머리에 짧은 생애를 포갠다

밤이 끝날 것 같지 않은 순백의 밤
가벼운 생애를 깨닫지 못한 한 여자
길이 아닌 길에 길을 만들고 있다

〈꽃살문〉

스케치북 위에 펜슬, 2020.

직지사에서

직지사로 오르는 길에
승복이 진열된 가게에 들어갔다
만져 보니 턱없이 승복이 얇다

나는 여성의 몸으로 붓다가 되리라
그곳에서 시선이 멈춘다

자신을 이해할 때
타인을 이해할 수 있다는 텐진빠모[※]

겨울 그림자가 드리워져 있는 경내
삼층탑을 받치고 서 있는 몸돌

칼바람이

두 볼을 타고 흐르는 눈물을

와이퍼처럼 훑고 간다

※ 서양 여성 최초로 티베트 승려가 된 『나는 여성의 몸으로 붓다가 되리
　라』의 저자.

산에 올라

북한산 비봉에 올라 아래를 보니
엠보싱으로 보인다
한눈에 들어온다

온 생을 걸어온 저곳
부대끼며 끙끙대던 저곳

내 것이 아닌 줄 알면서
주장하던 곳
저항하던 곳

손바닥으로 가리면 가려지는 세상
눈 감으면 지워지는 꿈같은 세상

〈오월〉
캔버스 위에 아크릴, 2024.

여름 풍경

빗줄기와 허공이 살을 맞대고

천둥과 번개가 동반을 하고

마른땅이 팅팅 부르트고

나무이파리 펄럭펄럭

호흡을 가다듬는 바람

말쑥해진 하늘 수채화

푸나무의 매미는

시끄럽다고 누가 뭐라고 뭐라고 해도

여름 한 철을 힘껏 살고 있다

나무의 성정

나무들이 하늘을 우러러 서 있다

자잘한 잎들은 먼지를 넣어 윤기를 내고
가지들은 앙상한 힘으로 서 있다

우리에게도 가벼운 먼지들이 있을 것이다
우리에게도 앙상한 힘이 있을 것이다

그늘은 그늘대로 밝음은 밝음대로
우리에게도 셀 수 없는 빛들이 있을 것이다

〈**기억의 숲 2**〉
캔버스 위에 아크릴, 2024.

시골의 아침

일찍 해가 지고 해가 뜨는 마을
첫닭보다 먼저 몸을 뒤척이는 어머니

컹컹 개가 짖는다
하늘이 열린다

채송화 맨드라미 봉선화
새벽바람에 세수하고

풀 뜯어 먹고 사는 염소를 매고
어머니 절름절름 걸어오신다

세월만큼 기울어져 작아지셨다

겨울빛

춥다고 해서
두루마리 휴지처럼 옷을 껴입고 나섰습니다

질펀해진 길바닥 군데군데 잔설들이
당신의 눈물처럼 박혀 있었습니다
눈이 부셨습니다

수없이 걷던 이 길
바람을 녹이는 당신의 깊이를 닮고 싶어
내내 당신을 생각하며 걸었습니다

〈기도〉
스케치북 위에 펜슬, 2020.

고맙습니다

돌아보면 지난 시간들 사람들이 고맙습니다

내가 사는 마을에 원미산과 수주로가 있어서
산길과 들길을 걸을 수 있게 해 주셔서 고맙습
니다

육신의 고통으로 인해 삶을 돌아보게 하시고
사람 사는 도리에 대해 생각할 수 있게 해 주셔
서 고맙습니다

내 삶을 움직이던 시간들과 사람들을 위해
기도할 수 있게 해 주셔서 고맙습니다

몸

비가 한참 온 뒤
산에 가 보니
나무도 잎도 훅 자라 있다

누군가의 눈물을
몸으로 받았기 때문이다

〈꽃밭에서〉
캔버스 위에 아크릴, 2024.

텃밭에서

바람에도 주저 없이
한 해를 살아 낸 쭉정이가 뒹군다

안간힘 쓰며 매달리던 시절 다 보내고
이제는 자유의 몸이 되어

늦가을 볕 아래서
이리저리 빈 몸을 추스르고 있다

청춘

원미산 올라가는 초입에
아카시아꽃 우거진 하늘을 보며
할머니 셋이 나란히 앉아서

"나이 먹으니까 꽃 냄새가 하나도 안 나
옛날에는 창문만 열어도……"

꽃 봄 분간 없이 살던 나는
슬쩍 그 마음에 세 들고 싶다

〈그녀를 만나기 전〉
캔버스 위에 아크릴, 2023.

일

엄마는 더 이상 일할 수 없는 나이가 되어
직장을 그만두셨다

놀아 본 적이 없는 엄마
일만 파면서 산 인생

의지할 데 없는 사막 같은 세상에서

엄마에게 일이란
삶을 밀고 가는 오아시스였을 것이다
구원이었을 것이다

꽃

지나가다가 우연히 보게 된

풀숲에 핀 손톱만 한 꽃

우리가 처음 만난 그 순간처럼

한없이 작고 여린 서로를 알아챈 그 순간처럼

너와 나 마주쳤구나

〈작은 것을 위하여〉
캔버스 위에 아크릴, 2024.

인연 1

내게 주어진 삶을 살아야겠다

만나지는 인연들과 더불어를 살아야겠다

인연 된 것과 인연 되지 않은 것
욕심내지 않으며
주어진 인연에 감사하며

살아 있는 지금을 살아야겠다

인연 2

사람 좋아하고 끌리는 건
인력으로 되는 일이 아니다

좋든 싫든 만날 사람은 어떻게든 만나고
피할 수 없는 게 인연이다

유유상종이란 말이
딱 들어맞는 인연을 보면 웃음이 나고
서로 맞추느라 애쓰는 인연을 보면 안쓰럽다

관계에 너무 연연하는 것도 욕심이다
노력해서 안 되는 일도 있다는 걸
알아 가는 게 나이 듦이다

〈아리랑〉
캔버스 위에 아크릴. 2024.

사랑

내가 좋아하는 사람을 좋아하는 것
나를 좋아하는 사람을 좋아하는 것

그게 사랑의 전부는 아닐 것이다

얼굴들

다르면서 같고 같으면서 다른 게
우리들의 모습이다

아이에게 어른 자아가 있고
어른에게 어린 자아가 있고
누군가의 얼굴에 내 얼굴이 겹쳐 있고

완벽한 사람이 없듯이 완벽한 관계도 없다

⟨혼자의 혼자⟩
캔버스 위에 아크릴, 2023.

상처

내가 받은 상처보다

내가 준 상처가

더 괴로울 때가 있다

생활

처서라더니 더위도 한풀 꺾이고 좋습다

산은 푸르고 생활은 얼얼하건만
바람 선선하니 좋습다

그립고 그리웁다
그리워만 집다

〈나무〉
캔버스 위에 아크릴, 2023.

여담

책이나 파자고 도서관엘 갔다

문장은 읽히지 않고
바람 소리가 많다

몸의 중심이 멀리 있다

낙엽

이파리 하나둘

쓰러지는

가을의 투사投捨

가을엔

꽃이 꽃에게
꽃이 꽃에게 머리를 숙인다

가을엔 누구나 꽃이 되고 싶다

〈외출〉
캔버스 위에 아크릴, 2023.

산책

산책은 책이다

걷는 책이다

온몸으로 읽는 책이다

별

새벽 기도를 마치고 산으로 걸었습니다

하양 빨강 노랑 푸른 별들이

지상에서 빛나고 있었습니다

<가까이에 있는 슬픔>
캔버스 위에 아크릴, 2024.

죽음

죽음이 삶을 구한다

인간을 인간답게 하는 가장 큰 섭리는

생명의 유한함이다

영정 앞에서

산이 좋아 산에 가서
밤하늘 별들이 쏟아질 것 같다며
전화를 걸던 사람

사진 속에서
마흔 살 얼굴로 웃고 있다

사람이 싫어서
사람을 버리고
찾아온 내게

별이 좋아
하늘로 먼저 간 사람
사람 좋은 얼굴로 웃고 있다

3부

존재의 집

〈얼굴〉
캔버스 위에 아크릴, 2023.

기억과 기억의 숲

나는 예술이

굳어진 나를 이완시키고 해방시키는

창조적인 행위라고 생각한다

의식적인 것에서 무의식적인 것으로

충동과 즉흥에 의지하려고 한다

의식적인 나를 넘어서는

무의식을 염두에 두면서 작업하려고 한다

의식과 무의식의 혼합

의식과 무의식의 파편

의식과 무의식의 잔해

나의 작품은

의식과 무의식의 충돌이다

나는 시다

사람들은 그녀를 시인이라고 하지만
나는 그녀의 생활 방편입니다

질기게 그녀가
갈 길 가게 하는 것
나는 그녀의 묘약입니다

맨날 다쳐서 오는 여자

나는 그녀의 피난처
푹신한 침실

그녀는 영원히 지켜 가야 할 상처밭입니다
나의 어린 지주입니다

_詩 「나는 시다」 전문

<존재의 집>
캔버스 위에 아크릴, 2023.

구현

작가는 창작 행위를 통해
의식과 무의식을 구현한다

그러나 완전히 구현된 작품은 없다

종합예술

누구나 자신이 세상의 주인공이다

자신의 삶이 자신의 작품이다

세상은 서로 다른 작품으로 이루어진
종합예술이다

<기억의 숲 3>
캔버스 위에 아크릴, 2024.

독창

세상에 완전히 독창적인 작품이 없듯이

완전히 독창적인 삶도 없다

작품 세계

한 사람의 생애를 다 알 수 없듯이

한 작가의 작품 세계도 완전히 조명할 수 없다

평자와 독자의 관점과 안목에 따라

시대의 경향이나 동향에 따라

해석과 평가가 다르고 조명도 다르기 때문이다

<생각의 집>
캔버스 위에 아크릴, 2024.

색과 산다

국민학교 미술 시간에 그림을 그려서 내면

교실 뒤 게시판에 전시되곤 했다

그림과의 기억은 그게 전부였다

사십 초반에 수채화가 좋아서

배우러 다닌 적이 있는데

나랑 안 맞다 싶어서 접었다

오십 후반에 흑백사진 같은 연필화가 좋아서

배우러 다녔는데

코로나가 터져서 집에서 혼자 그렸다

내가 이걸 왜 하고 있나 싶어서 또 접었다

그러다가 색이 끌렸다

아는 화가한테 배우러 갔다가

화가의 작품을 그대로 따라서 그리는

수강생들을 보고

내가 그리고 싶은 걸 그리고 싶어서

집에서 혼자 그리기 시작했다

색과 살고 있다

행복

행복했다면 나는

쓰지 않았을 것이다

그리지 않았을 것이다

같다

어려서부터 누구랑 같거나 비슷한 걸
무척이나 싫어했다

그래서 그런가
잊히지 않는 문장이 있다

그들 속에 있으면서
그들을 닮지 않도록
자신을 잃지 않는 것이
인생의 가장 아름다운 승리일 것이다

<모자 1>
캔버스 위에 아크릴, 2024.

독립

예술은 아름다움을 추구하는 것이 아니다

자기다움을 추구하는 것이다

끝까지 자기를 밀고 가는 것이다

그림

그림을 말로 다 설명할 수 있다면

나는 그림을 그리지 않았을 것이다

<기억 속의 기억 2>
캔버스 위에 ㅇ-크릴, 2024.

생각의 집

생각을 따라가다 보면
생각이 생각을 한다

나를 지나서
나를 넘어서
생각의 집에 당도한다

내가 모르는 나
내가 아는 나
내가 바라는 나

생각의 집에는
나와 내가 아닌 내가 있다
수많은 내가 살고 있다

나는 기억이다

의식의 순간순간이 기억이다

나는 기억과 기억으로 이루어진 존재의 집이다

고로 나는 기억이다

〈새들처럼〉
캔버스 위에 아크릴, 2023.

책

질리지도 않고 괜찮은 일 중 하나가 책 읽는 일
이다

책 속에 있을 때 편하고 안정이 된다

무뎌진 감수성을 흔들어 깨우는 것도 나를 자
극시키고 각성시키는 것도 책 속에서 만난 문장
과 사람이다

책이 없었다면 나는 쓰지 못했을 거고 시간과
잘 지낼 수도 없었을 것이다

나는

나는 밑그림을 그리지 않는다
직관으로 그린다

이쯤이면 되겠다 싶은 곳에 붓질하고 색칠한다

끌리듯 붓을 따라간다
색을 따라간다

〈모자 2〉
캔버스 위에 아크릴, 2024.

시와 시인

시는 시가 되기 전까지만 시인의 것이다

시가 되어 세상에 나가면 시는 시로서 존재한다

시 자신을 살아간다

시인에게서 분가하여

자기 삶을 차리고 자기 삶을 산다

어느 독자와 만날지는

시도 시인도 아무도 모른다

시인의 삶처럼 시의 삶도 미로다 미지다

시가 되고 나면 시인은 시를 어쩔 수 없다

시는 시대로 시인은 시인대로

자기 삶의 몫을 산다

박 시인

누가 박 시인 하고 부르면 어색하다 민망하다

시 앞에 서면 주눅 들고 죄지은 사람 같다

시를 쓰면서 시처럼 살지 못하기 때문이다

괴테

세상을 피하는 데
예술보다 확실한 길은 없다

또 세상과 관련 맺는 데도
예술처럼 적당한 길은 없다

4부

우리들의 초상

〈무제〉
캔버스 위에 아크릴, 2023.

관계 1

가깝다고 친하다고
내 편이 되어 주는 건 아니다

내가 옳은 말을 한다고
옳은 행동을 한다고
동의하거나 지지하는 것도 아니다

관계 2

관계의 경험이 다 다르기 때문에
관계와 입장도 다 다르다

내게 좋은 사람이
누군가에겐 나쁜 사람일 수 있고

내게 나쁜 사람이
누군가에겐 좋은 사람일 수 있는 이유다

<소녀상>
스케치북 위에 펜슬, 2020.

슬픔은 멀리서 온다

한 사람 저세상으로 간다

젊어서
그러한 시절을 만나
민주주의여 자유여 평등이여
호의호식 한 번 못 하고 병만 얻어

하나밖에 없는 아들 녀석
장성하는 것도 못 보고
남편 병수발에 먹고 사는 일에
울지조차 못한 아내를 두고

그 선배
멀리서만 뵈던 그 선배

그는 갔습니다

– 김정권 동지를 보내며

산은 푸르러지는데

꽃은 피는데

그는 갔습니다

어린것들과

어머니와 조국을 두고

그는 갔습니다

원미산으로 북한산으로 설악산으로

금강산으로 꽃구경 가자던

그는 갔습니다

하늘과 땅 사이에

어두운 비가 내리고

바람이 몰려다니고

꽃이 다 피기 전에
통일이 되기 전에
그는 갔지만

우리들 마음속에 그가 있기에
못다 이룬 그의 꿈과 사랑을 만들어 가렵니다

〈여자〉
캔버스 위에 아크릴, 2023.

4월

꽃이 피면 꽃이 핀다고
꽃이 지면 꽃이 진다고
혼잣말을 하면서 사는 것 같다

견딜 게 있는 날에도
견딜 게 없는 날에도
견디면서 사는 것 같다

핏빛 기억 잊고 살다가
이맘때가 되면
그대들에게 면목이 없다

오늘도 무사히
사는 게 아무렇지 않아서

부끄러워서

이 부끄러움마저 잊어버릴까
겨우 겨우를 사는 것 같다

노래

전류가 흐르고 가슴이 마구 뛰었지
투쟁이다 희망이다 열망했지 사랑했지

힘들 때면 꺼내 듣던 노래
힘들 때면 함께 부르던 노래

슬픔을 대신해 주던 노래
분노를 대신해 주던 노래

우리가 바라는 세상
우리가 만드는 세상

잃어버린 기억들을 돌려주었지
우리가 가야 할 길을 들려주었지

절망을 일으켜 세우던 노래

가슴과 가슴을 이어 주던 노래

온몸으로 함께했지

〈봄 여름 가을 겨울〉
캔버스 위에 아크릴, 2024.

그곳에 가면

세월의 지문을 따라가면
전설처럼 세느강*이 흐르고
상처로 얼룩진 대장들녘**이 있다

수양버들 고개 숙인 그곳에 가면
봄 여름 가을 겨울
당신이 있고
맹꽁이 울음소리에 귀가 먹먹한 푸른 밤

대장마을 그곳에 가면
바람의 들길이 있다

강남 갔던 제비가 돌아와 처마 밑에 집을 짓고

큰기러기 재두루미

새들의 소란이 적막을 깨우는

갈매기

크고 작은 갈매기들이
사선을 그으며 배 주위를 빙빙 돈다
악착같이 따라온다

여행객들이 던져 주는 새우깡을
절묘하게 포착하여 낚아챈다

비상하는 것보다
먹이에 열중하는 것이 관성이 되어 버린
살찐 새가 징그럽다

고용평등동산

인천대공원 입구를 들어서니
고용평등동산이란 표지판이 나온다

나는 근방을 두리번거리면서
동산을 찾다가 못 찾았는데

휴일 한때를 보내고 있는
가족이며 연인들이 평등동산인 것 같다

잠시라도 세상 고용에서 벗어난 것 같다

〈나무사람 1〉
캔버스 위에 아크릴, 2023.

풀밭에서

풀밭을 건너가는 나비의 하얀 날갯짓
나무 그림자를 밟고 가는 개미들
제법 빠르게 걷는 빼빼 마른 까치

혼자였다가 둘이었다가
서로를 방임하고

살이 툭툭 터진 수피들
깊은 생각에 잠긴 바위

너는 너대로 나는 나대로
하늘 아래 존재인데

누가 누가 더 센가 더 빠른가

의미를 부여하고 부추기고

혼자만의 시간을 자처하며
산보를 하고 땀을 흘리는 건
인간밖에 없는 것 같다

가지치기

나무가 크다 보면 잔가지가 죽는다고 합니다

나무가 더 높이 자라기 위해서는
가지치기를 해야 한다고
가지를 쳐내지 않으면 옹이가 생긴다고

나무를 사랑하는 사람의 말입니다

<우리들의 초상 1>
캔버스 위에 아크릴, 2024.

격리

세상과 격리되어 보니 세상이 다시 보인다

마음대로 만나고 헤어지던
마음대로 열고 닫았던
마음대로 짓고 부수던 세상

나 중심으로 살아온 세상
인간 중심으로 살아온 세상

세상과 격리되어 보니 세상이 다르게 보인다

안다고 생각했던 세상
말이 앞서던 세상

이 비극을 낳은 비극의 주인공이 보인다

현대인

드라마를 보다 보면 TV에
사람들 속에 있으면 사람에게
병원에서 예약을 알리는 문자를 받으면 육체에
갇혀 사는 것 같다

내가 나를 사는 게 아니라
소비자가 되어
관계자가 되어
환자가 되어
시민이 되어
세상에 맞춰 돌아가는
시대의 산물 같다

시스템에 의해 굴러가는
인간에 의한 인간의 감옥 같다

〈그럼에도 불구하고〉
캔버스 위에 아크릴, 2024.

긍정주의자

좋은 말을 하고

좋은 모습을 보여 주고

모든 사람과 좋은 관계를 맺고

항시 긍정적인 사람을 보면

사는 게 이벤트 같다

전시회 같다

전략적인 정책 같다

저항

몸에 저항력이 없으면 병에 걸리고

정신에 저항력이 없으면 노예가 되고

생활에 저항력이 없으면 기생충이 되고

위기

까칠하다고 할 때보다
성격 좋아졌다고 할 때가 더 괴롭다

이쪽도 저쪽도 아닌
어중간하고 여기까지인
차갑지도 뜨겁지도 않은 심장
멈추지도 늦추지도 않는 나의 위기

먼지보다 가벼운
이 괴로움조차 사라질까 봐
내가 무섭다

〈봄의 열정〉
캔버스 위에 아크릴, 2024.

사람 1

자기 없는 타자가 없고
타자 없는 자기도 없다

자기 이해는 타자에 대한 이해고
타자에 대한 이해는 자기에 대한 이해다

사람 2

다 좋은 관계 없고
다 나쁜 관계도 없는 것처럼

다 좋은 사람 없고
다 나쁜 사람도 없다

〈소녀〉
캔버스 위에 아크릴, 2024.

어른 김장하

우리 사회는

평범한 사람들이 지탱하고 있는 거다

돈이라는 게 똥하고 똑같아서

모아 놓으면 악취가 진동하는데

밭에 골고루 뿌려 놓으면 좋은 거름이 된다

메이 사튼

신의 부재와 신의 존재

양쪽 다 너무 무서운 것이다

프란치스코 교황

스스로 개혁하지 않거나

개혁을 갈구하지 않는다면

이는 병든 몸이다

〈나무사람 2〉
캔버스 위에 아크릴, 2024.

돌담

바람 많은 제주에서
허술하게 보이는 돌담이
쓰러지지 않고 서 있는 것은

울퉁불퉁 못난 돌들끼리
서로서로 받쳐 주고 이어 주는
든든한 어깨가 되어 주었기 때문일 것이다

돌 하나하나가 모여서
돌들의 세계를 이룩했기에
바람을 이길 수 있을 것이다

질투

질투와 시기를
적절히 견지할 수 있다면

우리의 삶은 지금보다 훨씬
정의롭고 평화로울 것이다

단순하고 소박할 것이다

5부

겨울에서 봄

〈존재의 집〉
캔버스 위에 아크릴, 2023.

악

멀리 있는 큰 악보다
가까이에 있는 작은 악이
더 나를 괴롭힐 때가 있다

잘 드러나지 않고
애매하고 은밀하고 자잘한 악이
더 큰 고통일 때가 있다

초혼, 다시 부르는 노래

영화는 열악한 작업 환경과 임금도 제때 주지 않는 악덕 업주와 맞서 싸우는 노동자들과 대학 노래패를 번갈아 보여 준다

낮에는 공장에 다니고 저녁에는 검정고시 학원에 다니면서 중학교 고등학교 졸업 자격을 취득하고 돈 벌어서 대학 가겠다고 집에서 책상 하나 들고나와서 인천에 있는 공장에 다니던 때가 생각났다

밀린 임금을 받기 위해 파업하는 과정에서 동료들끼리 대치되는 상황이 너무 아팠고 악덕 업주와 정치인 법조인이 한패가 되어 경찰을 동원해서 노동자들에게 폭력을 휘두를 땐 나도 몰

래 신음 소리가 났다 노래패가 파업에 연대하면
서 부르는 노래에 온몸이 전율했고 언론에서는
이들을 폭도라고 보도했다 80년 5월 광주와 겹
쳤다

가짜 뉴스를 양산하고 있는 극우 유튜버
자신들의 이익과 권력 유지를 위해
이를 악용하고 부추기는 내란 공범자들
이를 지지하고 비호하는 세력들
12.3 계엄 이후 내란 정국을 겪고 있는
대한민국의 현재와 오버랩됐다

영화는 우리들에게 메시지를 던진다
저들 악의 세력이 노리고 바라는 건

반민주 반헌법 세력에

저항하고 투쟁하는 우리들이

우리들끼리 싸우는 것

두려움을 갖는 것

굴복하는 거라고

<침묵>
캔버스 위에 아크릴, 2024.

좋은가와 옳은가

무엇이 좋은가보다
무엇이 옳은가에 관심이 많다

좋다는
지금 당장 편함과 이익
개인과 개인의 사적인 이해관계에 가깝다면

옳다는
불편한 진실을 회피하지 않고
직면하고 성찰하고 실천하려고 애쓰는
상식과 정의에 가깝다고 생각하기 때문이다

발언

발언하지 않을 자유도
발언할 자유도 존중되어야 한다

발언자가 누구냐에 따라
발언이 차별받아서도 안 된다

발언의 내용이 가리키는 곳을 보지 않고
가리키는 손가락을 보면서
발언을 왜곡하거나 폄하해서도 안 된다

〈동백〉
스케치북 위에 펜슬, 2020.

동백

– 제주 4.3을 추모하며

두 번 핀다지
겨울꽃

핏빛 상처가
아물 때까지

다시
핀다지

광장에서

광장을 지키는 것이

민주주의를 지키는 것이고

민주주의를 지키는 것이

나와 가족을 지키고

나라를 지키는 것이다

아인슈타인

세상은 악을 실제로 저지르는 자보다

용인하거나 부추기는 자들 때문에

더 큰 위험에 빠진다

〈촛불〉
캔버스 위에 아크릴, 2024.

자기 결정권

자기 삶의 주인으로 살지

누군가의 추종자로 살지

선택하고 결정하는 건 자신이다

권력에 줄을 서고

권력의 눈치를 보면서

권력의 노예로 살지 결정하는 것도 자신이다

연대

가장 두려운 건
몰상식이 일상화되고
반칙과 불법이 기세등등하는
야만적인 사회다

이에 대응하지 않고
정치는 정치인이 하는 거라며
남의 일처럼
아무것도 하지 않고
가만히 있는 것이다

〈겨울에서 봄〉
캔버스 위에 아크릴, 2024.

정의 1

정의란 단지

이기기 위한 싸움이 아니다

인간이 추구해야 할

절대적인 가치다

정의 2

관계와 입장은 변해도

정의는 변하지 않는다

내가 정의를 추구하고 믿는 이유다

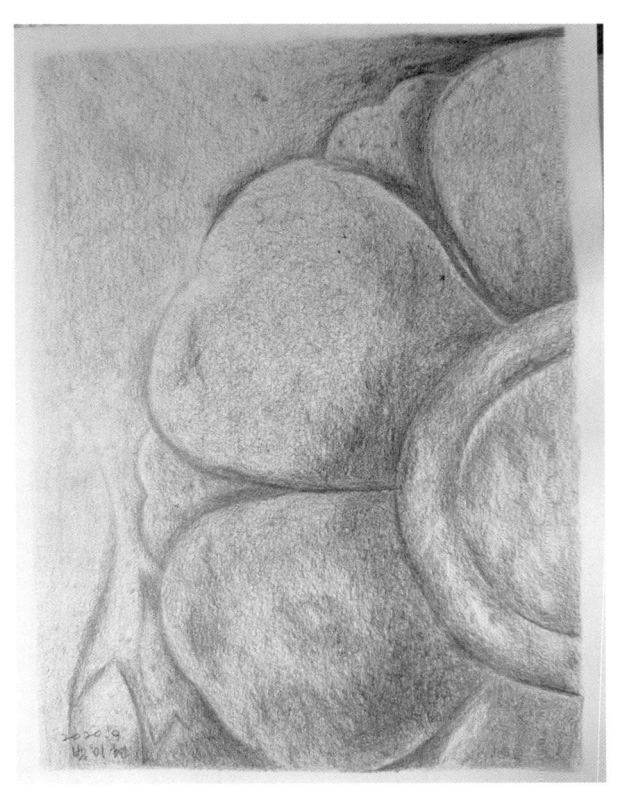

〈무늬〉
스케치북 위에 펜슬, 2020.

에피소드

더 나이 먹기 전에

한 번쯤 출판기념식을 하고 싶었다

그런데 시집 출간을 앞두고 코로나가 터졌다

어쩔 수 없지 생각을 접었는데

지역에서 오랫동안 함께 활동했던 후배들이

"해 언니!" 그랬다

그렇게 얼떨결에 출판기념식을 하게 되었다

날짜를 잡고 보니 내 생일이었다

아무한테도 말하진 않았다

코로나 때문에 실내가 아닌 야외 가든에서 했다

너른 흙 마당과 초록 나무숲

간간이 비도 내렸지만 오히려 좋았다

이렇게 저렇게 맺어진 인연들이

영상을 만들고 천막을 치고 안내를 하고

나무와 나무 사이에 시가 새겨진 현수막을 걸고

시를 낭독하고

기타 치고 노래 부르고 축사를 하고

두고두고 잊지 못할

행복하고 고마운 시간이었다

많은 분들께 빚을 졌다

선행과 나눔 공의와 정의를 위한

작은 일 하나라도 더 하면서 사는 게

빚을 갚는 일일 것이다

〈공존〉
캔버스 위에 아크릴, 2024.

친밀한 기적
– 부천민예총 10주년을 맞아

지금 여기에 있는 거
그대를 만난 거
기적이다

날마다 잠에서 깨어나고
때려치워야지 사표를 써 놓고 출근하고
술잔을 부딪치면서 세상을 욕하는 거

돌아갈 집이 있고 기다리는 식구가 있고
밥을 짓고 설거지를 하고
밤이 되면 쓰러져 잠이 드는 거
매일매일의 기적이다

저절로 숨을 쉬고

봄 여름 가을 겨울 계절이 가고 오는 거
길을 따라 걸으며
키 큰 나무와 키 작은 꽃과 눈을 맞추는 거

첫눈 오는 날 만나자 약속하고
손톱에 봉숭아 물을 들이고
하늘을 쳐다보면서 눈물짓는 거
우주의 기적이다

민주주의여 평등이여 평화여
정부와 국회를 압박하고
드디어 정상회담을 하고 악수하는 거
역사적인 기적이다

세상이 아무리 바뀌고 배고프지 않아도
외로움에 떠는 거
전화를 걸고 그대 이름을 부르는 거
오래된 기적이다

눈을 감고 두 손 모아 기도하는 거
가슴을 쓸어내리며
다시 살고
다시 사랑하는 거
아름다운 기적이다

안부

친구여 보고 싶은 친구여
우리 어느 사이 나이 들었구나

우리가 바라던 세상
우리가 외치던 세상
앞서거니 뒤서거니 함께했던
모였다 흩어졌다를 반복했던
푸르던 시절 추억이 되었구나

친구여 보고 싶은 친구여
너무 큰 세상에 쓰러지고 흩어진 우리
붉게 타오르던 젊은 날 멀리 가고
쉽게 흔들리지 않는 나이가 되었구나
서러운 나이가 되었구나

혼자가 되었구나

그러나 친구여 보고 싶은 친구여

사람들 속에서 세상 속에서

상처받고 절망하고 돌아서기도 했지만

쩨쩨한 나이가 되었지만

돌아갈 순 없지만

친구여 보고 싶은 친구여

함께 부르던 노래 다시 부르고 싶구나

함께 다짐했던 세상 다시 살고 싶구나

지친 어깨 기대고 싶구나

산다는 건

외로움과 손을 잡는 일

외로움과 발을 맞추는 일

외로움에 익숙해지는 일

외로움을 묵상하는 일

외로움과 한 몸이 되는 일

외로움을 사는 일

프로필

- 1963년 경기도 포천에서 태어나 수도권에 있는 국민학교 네 곳을 다님
- 1984년~1985년 낮에는 공장에 다니고 저녁에는 검정고시 학원에 다니면서 중학교와 고등학교 졸업 자격 취득
- 1990년 이형철과 결혼
- 1995년 딸 이지우를 낳음
- 2001년 부천시민연합 여성회 회장으로 선출
- 2001년 방송대 국어국문과 입학
- 2002년 동서커피문학상 입선을 하면서 본격적으로 시를 쓰기 시작
- 2003년 김유정기념사업회전국문예 장려상 수상
- 2005년 방송대 국어국문과 졸업
- 2005년 단국대 행정법무대학원 사회복지과 입학
- 2005년 《문학저널》 시부문 신인상으로 등단
- 2006년 부천시민연합 여성회 회장 이임
- 2007년 단국대 행정법무대학원 사회복지과 석사 졸업
- 2011년 중앙대 예술대학원 문예창작전문가과정 입학 및 수료
- 2011년 부천시 문화예술발전기금 수혜

- 2011년 첫 시집 『일상에 대한 모독』 출간
- 2014년 부천의료복지사회적협동조합 이사로 활동 시작
- 2015년 한국문인협회 및 부천지부 회원 가입
- 2016년 부천시민연합 공동대표로 선출
- 2016년 부천장학재단 이사로 활동 시작
- 2016년 부천시민햇빛발전협동조합 이사로 활동 시작
- 2018년 부천의료복지사회적협동조합 이사 이임
- 2019년 크라스키노포럼 공동대표로 선출
- 2019년 민주평화통일자문회의 부천시협의회 위원으로 위촉
- 2019년 부천여성문학회 회원 가입
- 2020년 부천시 문화예술발전기금 수혜
- 2020년 두 번째 시집 『그리하여 결핍이라 할까』 출간
- 2020년 부천문협 감사로 선출
- 2021년 민주평화통일자문회의 부천시협의회 위원 이임
- 2022년 부천시민연합 공동대표 이임
- 2022년 부천시민연합 고문으로 위촉
- 2022년 부천문협 감사 이임
- 2023년 부천민예총 및 경기민예총 문학위 회원 가입
- 2023년 중앙대 예술대학원 문예창작전문가과정 입학 및 수료
- 2023년 첫 개인전 《박미현 시인의 그림으로 쓴 詩, 감정주의자》 개최
- 2023년 부천민예총 시각위원회 《기울어진 시선》 전시 참여
- 2023년 크라스키노포럼 공동대표 이임
- 2023년 시온詩ON 동인으로 활동 시작

- 2024년 부천신인문학상 운영위원으로 활동 시작
- 2024년 두 번째 개인전 《기억과 기억의 숲》 개최
- 2024년 부천민예총 시각예술인 《눈치;전》 전시 참여
- 2024년 그림산문집 『혼자를 위하여』 출간
- 2025년 부천여성문학회 회장으로 선출
- 2025년 부천미술협회 및 현대미술부천작가회 회원 가입
- 2025년 세 번째 시집 『체위에 관한 질문』 출간
- 2025년 부천민예총 《1945 이후로부터의 시선》 전시 참여
- 2025년 부천미술협회 서양화분과 현대미술부천작가 회원전 《나는 그림이다》 전시 참여
- 2025년 부천민예총 회원 탈퇴
- 2025년 현대미술부천작가회 회원전 '나는 그림이다' 참여
- 2025년 부천미술협회 회원전 '예술로 반세기 함께 내일을 그리다' 참여

감정주의자

초판 1쇄 인쇄일 2025년 12월 08일
초판 1쇄 발행일 2025년 12월 22일

지은이 박미현
펴낸이 양옥매
디자인 표지혜
마케팅 송용호
교   정 조준경

펴낸곳 도서출판 책과나무
출판등록 제2012-000376
주소 서울특별시 마포구 방울내로 79 이노빌딩 302호
대표전화 02.372.1537 **팩스** 02.372.1538
이메일 booknamu2007@naver.com
홈페이지 www.booknamu.com
ISBN 979-11-6752-714-1 (03810)